SIMON &
SCHUSTER

LIBROS EN
ESPAÑOL

Richard Paul Evans

◆

El
Regalo
de
Navidad

Traducido por
MÓNICA TERÁN

SIMON & SCHUSTER / LIBROS EN ESPAÑOL

New York London Toronto Sydney Tokyo Singapore

Simon & Schuster
Rockefeller Center
1230 Avenue of the Americas
New York, NY 10020

Este libro es una novela. Los nombres, personajes, lugares e incidentes son producto de la imaginación del autor o se usaron con carácter ficticio. Cualquier similitud con eventos reales, locales o personas vivas o muertas es totalmente casual.

Diseñado por Pei Koay

Impreso en los Estados Unidos de América

1 3 5 7 9 10 8 6 4 2

Datos de catalogación de la Biblioteca del Congreso
Evans, Richard Paul.
[Christmas box. Spanish]
El regalo de Navidad / Richard Paul Evans : traducido por Mónica Terán.
p.   cm.
1. Christmas stories, American.   I. Title.
PS3555.V259C4818   1995
813'.54—dc20   95-30862
                                                              CIP

ISBN 0-684-81554-0

Para mi hermana Sue.

A quien amo y extraño.

El Contenido

◆

El
Regalo
de
Navidad

Ninguna pequeña niña podría parar el mundo por esperarme.

—Natalie Merchant

Capítulo I

LA MANSION
DE LA VIUDA

AL VEZ ESTOY
envejeciendo en este mundo y he agotado mi cuota de
palabras asignadas y audiencias impacientes. Quizá lo
que pasa es que cada día me aburre más el escepticismo
de una época que mete las narices para husmear en mi
relato, de la misma forma que un estudiante de biología
de nivel medio husmea por aquí y por allá en una rana
anestesiada, para determinar porqué vive, dejando
muerta a la pobre criatura al final. No importa la razón,
el hecho es que cada Navidad que pasa, descubro que la
historia de la Caja de Navidad se cuenta cada vez

menos y se necesita cada vez más. Por lo tanto la escribo ahora, para que las futuras generaciones la tomen o la dejen según les plazca. Por lo que a mí respecta, creo en ella. Después de todo, se trata de mi propia historia.

Los románticos de mis amigos, particularmente aquéllos que creen en Santa Claus, han especulado acerca de que esa caja café de Navidad, cubierta de adornos, fue confeccionada por el propio San Nick, a partir del tronco del primer árbol de Navidad que trajeron consigo las frías nieves de diciembre hace muchas estaciones. Otros creen que fue hábilmente tallada y pulida en la madera dura y astillada de cuya superficie rugosa el Señor de la Navidad ha demostrado su infinito amor por la humanidad. Mi esposa, Keri, sostiene que la magia de la caja no tiene nada que ver con sus elementos físicos, sino que todo se basa en el contenido que fue escondido dentro del bronce, las bisagras moldeadas en forma de acebo y los broches de plata. Cualquiera que sea la verdad sobre el origen de la magia de la caja, es el vacío de la misma lo que atesoraré para siempre, y el recuerdo de aquella temporada navideña cuando la Caja de Navidad me encontró a mí.

◆

Nací y me eduqué a la sombra de la nevada cordillera Wasatch en la parte este del Valle de Salt Lake. Justo dos meses antes de cumplir 14 años, mi padre perdió el empleo, y con una oferta de trabajo en puerta, vendimos nuestra casa y emigramos al más cálido y más próspero clima de California del Sur. Allá, con gran desilusión, esperé una verde Navidad casi tan religiosamente como los comerciantes locales. Con excepción de un fugaz momento de gloria como figura central de una comedia musical en la escuela, mis años de adolescencia pasaron sin novedad, con relevancia solamente para mí. Después de graduarme de secundaria, me matriculé en la universidad para aprender sobre el mundo de los negocios y en el proceso aprender sobre la vida; conocí, cortejé y me casé con una estudiante de diseño de ojos cafés de la misma universidad, llamada

Keri, quien apenas 15 meses después de la ceremonia dio a luz una niña a quien llamamos Jenna.

Ni a Keri ni a mí nos importó mucho alguna vez el gentío de la gran ciudad, así que cuando unas semanas antes de la graduación, nos informaron de una oportunidad de trabajo en mi ciudad natal, se nos hizo muy obvio aprovecharla para regresar al aire puro y los inviernos blancos en casa. Gastamos casi todos nuestros ahorros en la nueva aventura, y, como los primeros resultados de la nueva empresa, si bien prometedores, estaban muy lejos de la abundancia, aprendimos las ventajas del ahorro y la frugalidad. En asuntos financieros, Keri se convirtió en una experta al aprovechar mucho de poco; de tal forma, muy rara vez resentimos el grado de nuestras carencias. Con excepción de lo referente al espacio. Los tres necesitábamos más espacio que el que nuestro angosto departamento de una sola recámara nos podía brindar. Por motivos económicos, era necesario utilizar la cuna del bebé, a pesar del hecho de que nuestro bebé ya tenía casi cuatro años, la cuna apenas cabía en nuestra recámara, y dejaba menos de una pulgada entre ésta y nuestra cama, a la que habíamos empujado todo lo posible hasta el extremo de la pared. La situación en la cocina no era mejor, atestada con la caja de juguetes de Jenna, el arcón de costura de Keri y un montón de cajas de cartón, que a su vez contenían cajas de alimentos enlatados. Bromeábamos acerca de que Keri podía coser la ropa y preparar la cena al mismo tiempo, sin levantarse jamás del mismo asiento. El tema de la falta de espacio había alcanzado el clímax en nuestro hogar justo siete semanas antes de la Navidad. Tal era nuestro estado de excitación mental cuando realmente comenzó la historia de la Caja de Navidad, en la mesa de nuestro departamento, mientras desayunábamos huevos tiernos, pan tostado y jugo de naranja.

—Mira esto —dijo Keri, mostrándome los clasificados.

Mujer mayor de edad, con casa grande en las Avenidas, busca pareja de planta para labores de cocina, limpieza mínima y cuidado del jardín. Habitaciones privadas. Vacaciones. Niños/Bebés bienvenidos. 445-3989. Sra Parkin.

Miré por encima del periódico.

—¿Qué opinas? —preguntó—. Está en las Avenidas, tiene que ser grande. Está cerca de la tienda y realmente no representaría una carga extra para mí. ¿Qué tanto esfuerzo puede significar el cocinar y lavar para una persona más? —preguntó retóricamente. Estiró el brazo hasta alcanzar mi pan tostado y le dio un mordisco. —De cualquier forma tú generalmente estás fuera de casa en las tardes.

Me recliné pensativo.

—Suena bien —dije con cautela—, desde luego nunca sabes en lo que te estás metiendo. Mi hermano Mark vivía en el sótano del departamento de un anciano. Solía despertar a Mark a mitad de la noche gritándole a una esposa que había muerto hacía casi 20 años. Mark se moría de miedo. Al final prácticamente salió huyendo.

Una expresión de incredulidad se dibujó en el rostro de Keri.

—Bueno, pero aquí claramente dice habitaciones privadas —tuve que admitir.

—De cualquier manera, con el invierno en puerta, nuestra cuenta por calefacción se irá a las nubes en este lugar expuesto a corrientes de aire y no sé de dónde va a salir dinero extra. De esta forma ahorraríamos un poco —razonó Keri.

No tenía sentido discutir ante tal lógica, por lo demás, no me importaba. Yo, como Keri, daría la bienvenida con gusto a cualquier cambio que nos permitiera dejar las frías y estrechas habitaciones en las que residíamos hasta entonces. Momentos después, Keri llamó para saber si el departamento todavía estaba vacante, y al obtener una respuesta afirmativa, concertó una cita para entrevistarse con la dueña esa tarde. Yo me las arreglé para salir del trabajo temprano y, siguiendo las instrucciones que un hombre de la casa le había dado a Keri, partimos hacia los comercios del centro, alegremente iluminados, y luego a las calles arboladas que conducían a las colinas de las Avenidas.

La casa Parkin era una mansión victoriana resplandeciente de bloques de piedra rojiza, con ornamentos color crema, adornos de madera de frambuesa y tejados en verde obscuro. Del lado oeste de la casa, había un mirador redondo que soportaba la terraza con balcón del segundo piso que dominaba el patio frontal. El balcón, como la terraza cubierta del piso principal, corría a todo lo largo de la parte externa de la casa decorado con barras de hierro torneadas y remates dorados en forma de hoja. La madera estaba recién pintada y en buen estado. Una chimenea de ladrillo macizo se levantaba desde el centro de la casa entre la madera y las espirales de hierro forjado, rematando el acabado armónicamente. Un intrincado enrejado adornaba ostentosamente la base de la casa, intercalándose en lo alto con arbustos siempre verdes cuidadosamente podados. Un camino de adoquín hacía resaltar la fachada rodeando una fuente de mármol cubierta de hielo, a su vez circundada por un techo que la protegía de la nieve.

Estacioné el automóvil cerca de la escalera principal y subimos por el pórtico hasta llegar a la entrada de doble puerta. Las puertas estaban bellamente talladas con bloques de elaborados arreglos florales grabados en vidrio. Toqué el timbre y respondió un hombre.

—Hola, ustedes deben de ser los Evans.

—Sí, somos nosotros —confirmé.

—MaryAnne los espera, por favor entren.

Pasamos por el vestíbulo, luego a través de una segunda serie de puertas de igual magnificencia, que conducían al recibidor marmolado de la casa. He observado que las casas viejas por lo general poseen un olor particular, y aunque no siempre es agradable sí es inconfundible. Esta casa no era la excepción, aunque el aroma provenía de una combinación tolerablemente agradable de canela y queroseno. Caminamos por un ancho corredor de paredes escarchadas. Los candelabros de keroseno, ahora conectados a la luz eléctrica, salpicaban las paredes y causaban un efecto de luces dramático a lo largo del corredor.

—MaryAnne está en el salón trasero —dijo el hombre.

El recibidor quedaba al final del corredor, a cuya entrada descansaba un elaborado marco de madera de cerezo. Al entrar, una mujer muy atractiva de pelo platinado nos saludó detrás de una mesa redonda de palo de rosa con cubierta de mármol. Su atuendo imitaba la elaborada decoración rococó que la rodeaba.

—Hola —dijo cordialmente—. Soy MaryAnne Parkin. Me alegra mucho que hayan venido. Por favor siéntense. —Nos sentamos alrededor de la mesa. Nuestra atención se concentró en la hermosura y la riqueza de la habitación.

—¿Les gustaría un té de hojas de menta? —ofreció. Frente a ella reposaba un juego de té de plata, grabado en relieve. La tetera tenía forma de pera, decorada con plumas de ave grabadas en la base de plata. La boca semejaba las curvas graciosas del cuerpo de una grulla terminando en el pico del ave.

—No, gracias —contesté.

—Yo sí apetezco un poco —dijo Keri.

Le pasó una taza a Keri y la llenó hasta el borde. Keri le dio las gracias.

—¿Ustedes son de la ciudad? —preguntó la mujer.

—Nací y me eduqué aquí —contesté—. Pero nos acabamos de mudar de California.

—Mi esposo era de California —dijo ella—. De Santa Rosa. —Estudió nuestros ojos en busca de una chispa de reconocimiento. —De cualquier forma, ya no vive. Murió hace 14 años.

—Lo lamentamos —dijo Keri cortésmente.

—Está bien —dijo ella—. Catorce años es mucho tiempo. Ya me acostumbré a estar sola. —Dejó la taza y se enderezó en el afelpado sillón de respaldo alto.

—Antes de empezar la entrevista me gustaría discutir la naturaleza del acuerdo. Ustedes se darán cuenta que hay algunas cosas en las que soy muy insistente. Necesito una persona que cocine. Usted tiene una familia, supongo que puede cocinar. —Keri asintió—. No tomo el desayuno pero cuento con que el almuerzo se sirva a las once y la cena a las seis. Mi ropa debe lavarse dos veces por semana, preferiblemente los martes y los viernes, y la ropa de cama debe lavarse por lo menos una vez a la semana. Ustedes, si lo desean, pueden usar las instalaciones de la lavandería para lavar su ropa en cualquier momento que lo juzguen conveniente. Por lo que toca al exterior —dijo, mirándome—, el césped necesita cortarse una vez por semana, excepto cuando nieva, en cuyo caso, los andadores, la entrada de automóviles y el pórtico trasero necesitan traspalearse y salarse según dicte el clima. Para el resto del terreno y del mantenimiento contrato servicio externo y no requiero su asistencia. A cambio de sus servicios dispondrán de toda el ala este de la casa para residir. Cubriré las cuentas de calefacción, luz y cualquier otro gasto de mantenimiento. Todo lo que requiero de ustedes es que atiendan los asuntos que hemos tratado. Si este acuerdo les parece satisfactorio, entonces podemos proceder.

Los dos asentimos con la cabeza en señal de aprobación.

—Correcto. Ahora, si me lo permiten, tengo algunas preguntas que me gustaría hacerles.

—Por supuesto, la escuchamos —dijo Keri.

—Entonces comenzaremos desde el principio.

—Con actitud afectada tomó unos lentes bifocales de armazón de plata, recogió de la mesa una lista pequeña escrita a mano, y comenzó el interrogatorio.

—¿Alguno de ustedes fuma?

—No —dijo Keri.

—Bien, no lo permito en la casa. Arruina la tapicería. ¿Beben en exceso? —Me lanzó una mirada.

—No —contesté.

—¿Tienen niños?

—Sí, tenemos una niña. Tiene casi cuatro años —dijo Keri.

—Maravilloso. Ella es bienvenida en cualquier parte de la casa con excepción de esta habitación. Me preocupan mucho mis porcelanas —dijo, sonriendo amablemente. A sus espaldas podía ver un juguetero de nogal con cinco entrepaños, cada uno sosteniendo una figura de porcelana. Ella continuó. —¿Les gusta escuchar música a volumen alto? —Nuevamente volteó a verme.

—No —contesté correctamente. Tomé esto más como una advertencia que como un requisito para compartir la casa.

—¿Y cuál es su situación actual en la vida?

—Yo me gradué recientemente en la universidad con una especialidad en comercio. Nos mudamos a Salt Lake City para empezar un negocio de renta de ropa de etiqueta.

—¿Cosas como esmoquins y chaquetas para ocasiones especiales? —preguntó.

—Eso es —contesté.

Tomó nota mentalmente de este punto y asintió en señal de aprobación.

—Y referencias . . . —lanzó una mirada por encima de sus lentillas. —¿Tienen referencias?

—Sí. Puede ponerse en contacto con estas personas —dijo Keri, extendiéndole una lista escrita a mano de caseros y antiguos jefes. Estudió meticulosamente la lista, luego la dejó al extremo de la mesa, mostrándose impresionada con los antecedentes. Levantó la vista y sonrió.

—Muy bien, si sus referencias son satisfactorias, creo que podemos llegar a un acuerdo. Pienso que es mejor que comencemos con un periodo de prueba de 45 días, al final del cual podremos evaluar si la situación es mutuamente favorable. ¿Les parece bien?

—Sí, madam —respondí.

—Pueden llamarme Mary. Mi nombre es MaryAnne, pero mis amigos me llaman Mary.

—Gracias, Mary.

—Ahora que ya he terminado con lo mío, ¿tienen alguna pregunta que pueda contestarles?

—Nos gustaría ver el departamento —dijo Keri.

—Por supuesto, las habitaciones están en la parte de arriba, en el ala este. Steve los conducirá allá. Están abiertas. Creo que las encontrarán amuebladas con muy buen gusto.

—Tenemos algunos muebles —dije—. ¿Hay algún espacio extra en donde podamos almacenarlos?

—La entrada al desván queda al final del corredor, en la parte superior. Sus cosas estarán muy bien ahí —respondió.

Tomé una galleta de la charola de plata. —¿Es su hijo el que abrió la puerta? —pregunté.

Ella le dio otro sorbo a su té. —No, no tengo hijos. Steve es un viejo amigo que vive cruzando la calle. Lo contraté para que me ayudara en el mantenimiento de la casa. —Hizo una pausa pensativamente y dando otro sorbo al té cambió de tema. —¿Cuándo estarán listos para mudarse?

—Necesitamos avisarle al casero con dos semanas de antelación, pero podemos mudarnos en cualquier momento —dije.

—Muy bien. Será agradable tener alguien en casa para las navidades.

◆

Capítulo II

LA CAJA
DE NAVIDAD

O TENGO LA IN-
tención de discurrir en prolongadas o mojigatas di-
sertaciones sobre el significado social y el impacto de la
humilde caja, aun cuando bien valdría la pena. Pero
como la caja juega un papel muy importante en nuestra
historia, por favor permítanme divagar con indulgen-
cia. Desde los alhajeros con incrustaciones de jade y
coral de oriente, hasta las útiles cajas de sal de Pensil-
vania Dutch, la fascinación de la caja ha trascendido
mundialmente fronteras geográficas y culturales. La
caja de puros, la caja de rapé, la caja registradora, los

alhajeros mucho más ornamentados que el tesoro que encierran, la hielera y la caja de velas. Baúles, largas cajas rectangulares cubiertas con cuero estirado al máximo y sujetados con tachones de bronce a un armazón de madera. Cajas de roble, cajas de plata pura, para el deleite de las mujeres, cajas de sombreros y de zapatos, y para el deleite de todos aquellos esclavos de un paladar dulce, cajas de dulces. La vida humana evoluciona nada más y nada menos que alrededor de la caja; comenzando con esa caja descubierta llamada cuna, hasta la caja de pino que llamamos féretro; la caja es nuestro pasado, así como seguramente nuestro futuro, por tanto no debemos sorprendernos de que la humilde caja juegue un papel tan importante en la primera historia de Navidad. Porque la Navidad empezó en una humilde caja de tablillas de madera rellena de heno. Los Reyes Magos, hombres sabios que viajaron desde muy lejos para ver al rey niño, depositaron cajas llenas de tesoros al pie del niño santo. Y al final, cuando El absolvió nuestros pecados con Su sangre, el Señor de la Navidad fue depositado en una caja de piedra. Qué grato es encontrar, en cada Navidad, cajas brillantemente envueltas rodeando las ramas de los árboles de Navidad en todo el mundo. Y qué bien me siento de haber aprendido sobre la Navidad a través de una Caja de Navidad.

◆

Decidimos mudarnos a la casa lo más pronto posible, así que el sábado siguiente, pedí prestado un camión del trabajo, y Barry, mi cuñado, el único pariente que vivía a 320 kilómetros a la redonda, nos ayudó a cambiarnos. Entre los dos transportamos las cosas al camión, mientras Keri envolvía la vajilla con periódico y la empacaba en cajas, y Jenna jugaba tranquilamente en el cuarto de enfrente, ajena a la gradual desaparición de nuestras pertenencias. Terminamos de cargar la mayoría de las cosas, las cuales no eran muchas, en el camión. Apilamos el resto de las cajas dentro de nuestro Plymouth, un copé rosa grande y cromado con curvas elegantes, majestuosas aletas y una parrilla que semejaba la sonrisa dentada y amplia de un gato Cheshire. Cuando terminamos de cargar todas las cosas del departamento, los cuatro nos metimos apretados en los apiñados vehículos, y juntos nos dirigimos a nuestra nueva residencia en las Avenidas. Estacioné el carro frente a la casa y esperé a Barry en la entrada.

—Solamente da vuelta y ponlo atrás —grité, guiando al camión a señas. Dio la vuelta hacia la parte trasera de la casa, jaló la palanca del freno, y saltó afuera con entusiasmo.

—¿Se están mudando a una mansión? —preguntó con envidia.

—Tu hermana de sangre azul la encontró —repliqué.

Bajé la rampa del camión mientras Barry desataba las correas que sujetaban las lonas enceradas que usamos para cubrir la carga.

—Por aquí, dame una mano con este cesto de mimbre. Lo llevaremos directamente al desván. —Barry tomó apresuradamente una de las asas del cesto y lo levantamos del piso del camión.

—¿Únicamente vive una persona en esta casa? —preguntó.

—Ahora son cuatro, contando a nosotros tres —dije.

—Con todo este espacio, ¿por qué no se muda toda su familia con ella?

—No tiene familia. Su esposo murió y no tiene hijos.

Barry examinó la ornamentada fachada victoriana.

—Apuesto a que hay mucha historia en un lugar como éste —dijo pensativamente.

Subimos las escaleras, cruzamos por la cocina, los corredores, y después subimos las escaleras del desván. Dejamos el cesto al llegar a la parte alta para tomar un respiro.

—Más vale hacer un poco de espacio aquí, antes de traer el resto de las cosas —sugirió Barry.

Estuve de acuerdo. —Vamos a despejar el espacio junto a esta pared para que podamos mantener todas nuestras cosas en un mismo lugar. —Nos dimos a la tarea de reacomodar el desván.

—Pensé que habías dicho que ella no tenía hijos —dijo Barry.

—No los tiene —respondí.

—¿Entonces por qué hay una cuna aquí? —Barry se paró cerca de una sábana polvorosa con holanes que dejaba entrever la forma de una cuna.

—Quizá la está guardando para alguien —sugerí.

Levanté un pequeño montón de cajas y las puse a un lado. —Hace mucho que no veía uno de estos —dije, mostrando mi propio descubrimiento.

—¿Qué es?

—Un pisacorbatas. Debe haber sido de su esposo.

Barry levantó el retrato grande de un hombre, con bigote en forma de manubrio de bicicleta, posando estoicamente para la cámara. La foto estaba en un marco de hoja de oro muy elaborado.

—Mira —dijo—, su banquero. —Reímos.

—¡Aaah! mira esto —dije, mientras levantaba cuidadosamente lo que parecía ser una reliquia. Era una caja de madera con muchos adornos en nogal nudoso, intrincadamente tallada y perfectamente bien pulida. Tenía cerca de 10 pulgadas de ancho, 14 pulgadas de largo y medio pie de profundidad, lo suficientemente grande como para contener un pliego de papel sin tener que doblarlo. Tenía dos bisagras de bronce fabricadas en forma de hojas de acebo. Dos correas de cuero corrían horizontalmente sobre la tapa y se aseguraban firmemente con hebillas de plata a cada uno de los lados. El frente era un relieve hábilmente detallado con motivos de la Natividad. Barry se aproximó para verlo de cerca.

—Nunca había visto algo igual —dijo.

—¿Qué es? —preguntó Barry.

—Una Caja de Navidad, para guardar cosas de Navidad. Tarjetas, juguetes, cosas así. —La sacudí suavemente. No sonaba nada.

—¿Qué tan antigua crees que sea? —preguntó Barry.

—Del siglo pasado —dije especulando—. ¿Observas el acabado?

Mientras él la miraba de cerca, yo eché un vistazo alrededor del cuarto para percatarme del trabajo que faltaba por hacer.

—Mejor seguimos con esto —me lamenté—, tengo mucho trabajo pendiente por hacer esta noche.

Dejé la caja a un lado y regresamos a hacer espacio para nuestras cosas. Ya estaba obscuro afuera cuando terminamos de vaciar el camión. Hacía mucho tiempo Keri había terminado de desempacar las cajas de la cocina y la cena estaba esperándonos sobre la mesa cuando bajamos.

—Bueno hermana, ¿qué piensas de tu nueva casa? —preguntó Barry.

—Creo que podría acostumbrarme a todo este espacio —dijo Keri—, y al mobiliario.

—Deberías de ver algunas de las cosas que hay en el desván, —comenté.

—Mami, ¿cómo va a encontrar Santa nuestra nueva casa? —preguntó Jenna ansiosamente.

—¡Oh!, los renos de Santa saben muy bien de estas cosas —le aseguró.

—El problema es ser cómo aterrizarán los renos de Santa en el techo sin que se pinchen, —dije en broma.

Keri me miró con el rabillo del ojo.

—¿Qué es pinchar? —preguntó Jenna.

—No le hagas caso a tu papá, sólo está molestando.

Barry rió. —¿No se supone que tienes que hacer la cena para la Dama? —preguntó.

—Oficialmente empezamos nuestro convenio el lunes. De hecho, ella va a hacer la cena para nosotros mañana. Al menos nos invitó a cenar.

—¿Es cierto? —pregunté.

—Estuvo aquí un poco antes de que ustedes dos bajaran.

—Será interesante —increpé.

Terminamos de cenar, y luego de agradecerle infinitamente a Barry por su ayuda, levantamos los platos. Después me zambullí en una pila de recibos y libros mayores, mientras Keri llevaba a Jenna a la cama.

—¿Papi, me puedes leer un cuento? —preguntó ella.

—No esta noche, querida, Papito tiene mucho trabajo que hacer.

—No tiene que ser uno largo —imploraba.

—No esta noche, querida. Ya será en otra ocasión.

Una niña desilusionada fue arropada bajo las cobijas y se sumió en un sueño ansiando "esa otra ocasión".

Capítulo III

◆

LA CAJA
DE LA BIBLIA

O PODÍA DECRE-
tarse al Domingo como "día de descanso" para una
madre con una familia que alistar para ir a la iglesia, pero
tales son las ironías de la devoción. De regreso a casa al
concluir el "día de la iglesia", nos recreábamos des-
cubriendo un nuevo y glorioso estilo de vida. En nuestro
antiguo departamento teníamos tan poco espacio que
buscábamos el modo de pasar las tardes dominicales
fuera de casa. Ahora, en forma insolente esparcíamos
nuestras cosas, y nos esparcíamos nosotros, a lo largo de
nuestras habitaciones. Yo tomaba una siesta frente a la

chimenea del recibidor, mientras Keri leía en la cama y Jenna jugaba tranquilamente en su cuarto. Quizá lo que habíamos perdido en cercanía familiar, lo habíamos ganado con creces en sensatez.

Keri me despertó a las seis y cuarto, y después de asearme, bajamos las escaleras en dirección del comedor de Mary. Olía maravillosamente a *roast beef* con *gravy*, y bollos recién horneados. El comedor era espacioso, y del más puro estilo victoriano; el piso estaba cubierto con un tapete persa que se extendía a suficientemente distancia de la pared dejando expuesta una franja del piso pulido de madera maciza. La habitación estaba dispuesta alrededor de una gran mesa blanca rectangular adornada con encajes. Un candelabro de cristal de Strauss colgaba justo encima del centro de la mesa, suspendido sobre un jarrón con flores recién cortadas. En la pared este había un clóset construido ex profeso en porcelana, que exhibía la exquisita vajilla de porcelana china de la casa. En la pared opuesta estaba una chimenea, tallada con tantos adornos como la del recibidor, pero en una madera más clara. El manto que se extendía hasta el techo, la chimenea y el piso del fogón estaba cubierto de azulejos con detalles en mármol azul y blanco. En ambos lados de la chimenea había sillas de nogal con respaldos tallados estilo gótico y tapizados con tela plegada de crin.

Mary nos recibió en la entrada y nos agradeció amablemente el haber aceptado su invitación.

—¡Me alegro tanto que hayan venido! —dijo.

—El placer es nuestro —afirmé.

—No se hubiera molestado —dijo Keri.

Mary era una anfitriona del más alto nivel, y de haber pensado que no valía la pena el esfuerzo, no se hubiera puesto a trabajar tanto.

—No es molestia —dijo instintivamente.

La disposición de los lugares en la mesa era bella y perfecta, y los platos de porcelana china estaban bordeados con oro de 24 quilates.

—Por favor siéntense —se apresuró a decir, haciendo un gesto para que tomaramos una silla. Nos sentamos y aguardamos su llegada.

—Siempre digo una oración antes de comer —dijo—. ¿Podrían acompañarme?

Inclinamos la cabeza.

—Querido Señor. Te damos gracias por la abundancia que nos otorgas durante estas benditas navidades. Gracias por estos nuevos amigos. Por favor protégelos y satisface sus necesidades y deseos. Amén.

Levantamos la cabeza.

—Muchas gracias —le dije.

Mary destapó una cesta con bollos calientes, los partió y colocó uno en cada plato. Luego llenó nuestras copas con agua y pasó las charolas llenas de comida alrededor de la mesa.

—¿Cómo encuentran sus habitaciones? —preguntó Mary—. ¿Ya terminaron de mudarse?

—Sí —contestó Keri.

—¿Había suficiente espacio en el desván? Tenía miedo de que estuviera un poco apretado.

—Había mucho espacio —le aseguré—. No poseemos muchos muebles. —Levanté otra cucharada del plato y añadí—, verdaderamente tiene cosas maravillosas allá arriba.

Ella sonrió. —Sí. La mayoría son cosas de David. Le encantaba coleccionar cosas. Como buen hombre de negocios, viajaba por todo el mundo. De cada viaje siempre traía algo. Durante su tiempo libre se convirtió en un conocedor de muebles y antigüedades. Apenas unos años antes de morir había iniciado una colección de Biblias.

Asentí con la cabeza en señal de interés.

—¿Ven esa Biblia de allá? —dijo. Ella señaló un libro grande, forrado en piel, que descansaba solo sobre una mesa de papel maché laqueada en negro con incrustaciones en madreperla. Esa Biblia tiene más de 250 años. Era uno de los descubrimientos favoritos de David —comentó con alegría—. La trajo de Inglaterra. Los coleccionistas la llaman la Biblia "perversa". En la primera edición, el impresor cometió un error en el Exodo y omitió la palabra "no" en el séptimo mandamiento. Dice: "Cometerás adulterio".

—Eso es terrible —Keri rió entre dientes.

Mary rió de buena gana. —Es verdad —dijo—. Después de la cena pueden verla. Por ese error, la Corona Británica multó con 300 libras al impresor.

—Fue un error costoso —agregé.

—Era una versión muy popular —dijo ella, sonriendo maliciosamente—. En el recibidor principal hay una Biblia francesa con lo que ellos llamaban una pintura oculta. Si se pasan las hojas rápidamente en sentido inverso, aparece una acuarela de la Natividad. Era un arte único de ese periodo. Arriba, en el desván, está la caja de una Biblia que David compró para ella, pero pienso que el libro es tan hermoso que no la necesita, por eso se la quité.

—La Caja de Navidad —dije.

Me miró sorprendida al darse cuenta que estaba familiarizado con la caja.

—Sí, hay una escena de la Natividad grabada en madera de la *Madonna* y el Niño Jesús.

—La vi allá. Es muy hermosa.

—Aunque no es de Francia —explicó—. Creo que es de Suecia. La fabricación de cajas finas era un arte en los países escandinavos. Cuando David murió recibí varias solicitudes de personas interesadas en comprar las Biblias. Excepto por la Biblia que doné a la iglesia, y las tres que aún conservo, vendí el resto. No pude separarme de estas tres. A David le gustaban tanto. Eran sus tesoros favoritos.

—¿En dónde está la tercera Biblia? —pregunté.

—La conservo en el estudio, para mi lectura personal. Estoy segura que algunos coleccionistas pedirían mi cabeza por ello, pero tiene un significado especial para mí. —Entonces miró a Jenna.

—Pero ya basta de hablar de cosas viejas, cuéntenme de su dulce pequeña de tres años —dijo amablemente.

Jenna había permanecido sentada en silencio, probando su comida con precaución, ignorada por nosotros la mayor parte del tiempo. Levantó los ojos con timidez.

—Jenna va a cumplir cuatro años en enero —dijo Keri.

—Voy a tener todos estos —dijo Jenna orgullosamente, extendiendo la mano con un dedo doblado.

—¡Es una edad maravillosa! —exclamó Mary—. ¿Te gusta tu nueva casa?

—Me gusta mi cama —dijo ella sin gran emoción.

—Está feliz por haber dejado la cuna —explicó Keri—. En nuestro antiguo departamento no teníamos espacio para una cama. Se sintió terrible cuando supo que era la única niña en su clase de baile que dormía en cuna.

Mary le sonrió con simpatía.

—Oh, hablando de baile —Keri recordó, dirigiéndose hacia mí—, el recital de Navidad de Jenna es el sábado. ¿Crees que puedas ir?

Fruncí el entrecejo. —Me temo que no. El sábado va a ser un día muy agitado en la tienda con todas esas bodas de diciembre y los eventos navideños.

—Debe ser una época de mucha actividad en el año para ese giro de negocio —comentó Mary.

—Lo es —repliqué—, pero disminuye en enero.

Movió la cabeza como afirmando y luego se dirigió a Keri.

—Bueno, por lo que a mí toca, estoy contenta de que a Jenna le guste estar aquí. Y si usted busca compañía, me encantaría tomar el lugar de Richard en ese recital de baile.

—Será más que bienvenida —dijo Keri, Jenna sonrió.

—Entonces es una cita. Y . . . —dijo mirando a Jenna—, para la pequeña bailarina, hice un budín de chocolate de Navidad. ¿Te gustaría un poco?

Jenna sonrió hambrienta.

—Espero que no les importe —dijo Mary, volteando a vernos—. Aún no termina su cena.

—Por supuesto que no —contestó Keri—. Eso fue muy considerado de su parte.

Mary se excusó al pararse de la mesa y regresó llevando una charola con platos hondos de cristal llenos de budín humeante. Le sirvió primero a Jenna.

—Esto está muy bueno —comenté, llevándome la cuchara a la boca.

—Todo está delicioso —agregó Keri—. Muchas gracias.

La conversación cesó mientras disfrutábamos el postre. Jenna fue la primera en romper el silencio.

—Ya sé porqué las moscas vienen a la casa —anunció inesperadamente.

La miramos con curiosidad.

—¿Ya lo sabes? —preguntó Mary.

Jenna nos miró a todos con seriedad. —Vienen a visitar a sus amigos . . .

Todos ahogamos una carcajada mientras la niña conservaba la seriedad.

—. . . y luego nosotros los matamos.

Keri y yo nos miramos y rompimos en risas.

—Bueno, pero si eres una pequeña filósofa —dijo Mary riendo entre dientes, luego se inclinó y le dio un abrazo a Jenna.

—Quisiera proponer un brindis —dijo Mary. Levantó una copa de cristal con vino. Siguiendo su ejemplo llenamos nuestras copas a la mitad con el líquido rosado y las sostuvimos en el aire.

—Por una nueva amistad y una Navidad maravillosa.

—Bravo, bravo —dije enfáticamente.

—Una Navidad maravillosa —repitió Keri.

Pasamos el resto de la tarde conversando placenteramente, entre risas. Cuando terminamos de comer, alabamos calurosamente a Mary por la cena maravillosa y llevamos los trastos abajo a la cocina. Mary insistió con firmeza en lavar los platos ella misma, no sin protestar la dejamos entregada a la tarea y regresamos arriba a nuestra ala.

—Siento como si la conociera toda la vida —dijo Keri.

—Como una abuela —hice la observación.

Jenna sonrió y corrió adelantándose escaleras arriba.

◆

Todos nos sentíamos aliviados al compartir la casa de manera natural y sin formalismos. Pronto se hizo evidente para Keri y para mí que Mary había solicitado que se mudara una familia con ella más por "la familia" misma que por una necesidad física real. Ella podía haber contratado servidumbre fácilmente, como era obvio que lo había hecho en el pasado, y parecía preocuparse inmensamente por hacer agradable nuestra estancia, hasta el punto de contratar personal extra para cualquier tarea que Keri y yo consideráramos demasiado tediosa o nos consumiera mucho tiempo, excepto cuando tal actividad suponía un acto de sacrificio de naturaleza familiar, como cuando trajimos el árbol de Navidad a casa. Mary, luego de encontrar el árbol más grande y con la forma más perfecta de todo el lote, se ofreció a comprar un segundo árbol para nuestras habitaciones. Ella se quedó absolutamente fascinada cuando Keri sugirió que todos podríamos disfrutar al compartir el mismo árbol juntos. Trajimos el árbol a casa y luego de muchos trabajos, el aroma fresco del follaje penetró en el estudio. No es sorprendente que este cuarto se convirtiera en nuestro lugar predilecto de reunión después de la cena. Disfrutamos la presencia de Mary tanto como ella deseaba la nuestra, y Jenna la aceptó sin dificultad como una abuela sustituta.

◆

Algunas personas nacieron para trabajar para otros. No de una forma insensata o servil, sino simplemente trabajan mejor siguiendo un programa con tareas y funciones diarias. Otros nacieron con espíritu de empresarios, y disfrutan de las exigencias de la responsabilidad y los caprichos de la suerte. Muy para mi desgracia, yo nací con esta última clase de espíritu. Francamente, ese espíritu era tan poderoso que me hizo regresar a mi ciudad natal junto a las calles pintorescas y las montañas cubiertas de nieve a las que crecí amando. Como lo mencioné con anterioridad, Keri y yo dejamos California del Sur buscando la oportunidad de abrir una tienda de renta de ropa de etiqueta. Aunque la renta de ropa es un negocio muy común hoy en día, en aquella época era nuevo, nadie lo había intentado, y por tanto era excitante. La oportunidad llegó a través de un amigo quien se encontraba entre los invitados a una boda en un pequeño poblado del norte de Salt Lake City llamado Bountiful. Ahí fue cuando él conoció a mi futuro socio, un sastre emprendedor que alquilaba elaborados trajes de novia, y pronto se dio cuenta de la gran necesidad de proveer del vestuario necesario a las contrapartes de la novia y las damas.

Como la necesidad es la madre de la utilidad, empezó rentando con gran éxito una línea de sacos de etiqueta para caballero. Fue durante ese tiempo que mi amigo, mientras vestía una de esas chaquetas, se enfrascó sin que yo lo supiera, en una larga discusión sobre el estado y el futuro de su negocio. Habiéndose impresionado con las expectativas de mi habilidad en mercadotecnia, el propietario me llamó directamente y luego de muchas conversaciones de larga distancia me ofreció venderme una porción de la nueva compañía a cambio de mi experiencia y una pequeña aportación en efectivo, la cual Keri y yo pudimos juntar a duras penas. Esa oportunidad era todo lo que estábamos esperando y el negocio mostraba signos prometedores.

Bajo mi dirección, incrementamos nuestro mercado al producir catálogos con fotografías de los trajes que mandábamos a los modistos y a los salones de bodas fuera del área metropolitana. Ellos se convirtieron en nuestros representantes, rentaban trajes a su clientela y recibían una comisión no precisamente pequeña por la transacción. El papeleo de esta nueva empresa era enorme y complejo, pero el éxito de mis ideas me consumía y de pronto me encontré alejándome gradualmente del ambiente comparativamente tranquilo de casa. En lenguaje vernáculo de negocios, hay un dicho popular que dice: "las oportunidades cuestan", el dicho se basa en la suposición de que dado que todos los recursos, principalmente el dinero y el tiempo, son limitados, el hombre exitoso de negocios sopesa todos los riesgos, aquilatando las oportunidades que pueden perderse en la transacción. Quizá si yo hubiera visto los ojos de mi hija mirándome fijamente desde las escaleras doradas, hubiera pensado nuevamete en mis prioridades. Hábilmente racionalizaba mi ausencia de casa justificándola con la necesidad y me decía a mí mismo que mi familia algún día me agradecería el sacrificio, festejando junto conmigo los frutos de mi trabajo. En retrospectiva, debí haber probado la amargura de esos frutos un poco más seguido.

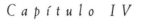

Capítulo IV

◆

EL SUEÑO, EL ANGEL Y LA CARTA

O RECUERDO CON

exactitud la noche en que comenzaron aquellos sueños.

Los sueños del ángel. Es necesario aclarar que yo creo

en los ángeles, pero no en los ángeles con alas y arpas

que aparecen ilustrados en los libros. Tales atavíos

angelicales me parecen tan ridículos como los diablos

que hacen alarde de sus cuernos y portan un tridente.

Para mí, las alas de los ángeles simplemente son un sím-

bolo de su papel como mensajeros divinos. A pesar de

mis opiniones más bien dogmáticas al respecto, no me

molestaba el hecho de que el ángel de mi sueño

descendiera del cielo con las alas extendidas. De hecho, lo único que me inquietaba respecto al sueño era su presencia recurrente, así como su extraña conclusión. En el sueño me encuentro solo en un enorme campo abierto. El aire está saturado de melodías suaves y bellas, tan dulces y melodiosas como el arroyo de una montaña. Miro hacia lo alto y veo un ángel descendiendo del cielo, con las alas extendidas. Después, cuando estamos muy cerca uno del otro, observo su rostro querúbico, sus ojos se dirigen hacia el cielo, y el ángel se convierte en piedra.

Aunque tengo vagos recuerdos del sueño acechándome varias veces mientras dormía, desde que nos mudamos a la casa Parkin, parece como si en cada nueva ocasión, éste fuera más claro y preciso. Esta noche el sueño tenía vida, era rico en colores, sonidos y detalles; ocupaba cada uno de mis pensamientos con su surrealismo. Me desperté repentinamente, esperando que toda huella de la visión nocturna se desvaneciera en mi estado consciente, pero no fue así.

Esa noche, permanecía la presencia de la música. Se escuchaba una melodía brillante y suave, tocada tan dulcemente como una canción de cuna. Un arrullo de origen desconocido.

Pero esa noche la música sí tenía un origen.

Me senté en la cama escuchando con atención mientras mis ojos se acostumbraban a la obscuridad. Encontré la linterna que guardábamos en el buró de pino junto a nuestra cama, saqué una bata de toalla, y caminé en silencio desde la recámara, siguiendo la música. Anduve a tientas por el pasillo y pasé por la habitación de Jenna en donde me detuve para echarle un vistazo. Estaba profundamente dormida, el sonido no perturbaba su sueño. Seguí la música hasta el final del pasillo, deteniéndome en donde la melodía parecía originarse, tras la puerta del desván. Tomé la manija y abrí la puerta lentamente. La linterna iluminó la habitación, proyectando sombras largas y rastreras. Subí las escaleras, con cierto temor, hacia donde se escuchaba la música. Excepto por la tonada, la habitación continuaba totalmente inanimada. Conforme pasaba la lámpara iluminando el cuarto, mi corazón latía más aceleradamente. La cuna estaba descubierta. La sábana polvorienta que la tapaba yacía arrugada en el suelo a los pies de la misma. Con cierta angustia proseguí mi búsqueda, hasta centrar la luz justo en ese fenómeno inquietante. Se trataba de aquella reliquia de estilo florido, que Barry y yo habíamos descubierto esa tarde cuando llevamos nuestras pertenencias: la Caja de Navidad. En ese entonces no sabía que también era una caja de música. Qué extraño que comenzara a sonar a medianoche. Miré a mi alrededor una vez más para asegurarme que estaba solo, después incliné la linterna para iluminar las alfardas y alumbrar todo el desván. Levanté la caja y la revisé buscando alguna llave para apagar la música. La caja era pesada y estaba cubierta de polvo, parecía estar exactamente como la habíamos visto apenas unos días antes. La examiné más de cerca, pero no encontré ninguna llave o resorte, de hecho no encontré mecanismo alguno. Era simplemente una caja de madera. Desenganché el broche de plata y abrí la tapa lentamente. La música se detuvo. Acerqué la linterna para revisar la caja. Dentro había pergaminos. Metí la mano y tomé la primera hoja. Era una carta. Una carta escrita a mano, frágil por el paso del tiempo y ligeramente amarilla. La sostuve cerca de la linterna para poder leerla. La escritura era hermosa y uniforme.

6 de diciembre de 1914.

Amor Mío:

Me detuve. Nunca he sido de los que se recrean invadiendo la privacía de los demás, y mucho menos de aquellos afectos a leer la correspondencia ajena. El porqué entonces era incapaz de resistir la tentación de leer la carta me resultaba tan misterioso como lo era el escrito en sí. La compulsión era tan fuerte que terminé de leer la carta sin pensarlo dos veces.

Qué fría siento la nieve navideña cuando no estás a mi lado. Incluso el calor del fuego es insuficiente y tan sólo me recuerda lo mucho que deseo tenerte a mi lado nuevamente. Te amo. Cuánto te amo.

RICHARD PAUL EVANS

No sabía porqué la carta me atraía, ni tampoco cuál era su significado. ¿Quién era el ser amado? ¿Era esa la letra de Mary? La carta se había escrito casi veinte años antes de que su esposo falleciera. Coloqué la carta de nuevo en la caja y cerré la tapa. La música no volvió a escucharse. Salí del desván y regresé a la cama meditando sobre el contenido de la carta. En cuanto al porqué comenzó a sonar la Caja de Navidad, y cómo es que funcionaba, esto fue un misterio el resto de la noche.

A la mañana siguiente le expliqué este episodio a una esposa que apenas si mostró interés.

—¿Entonces no escuchaste nada anoche? —le pregunté—. ¿Nada de música?

—No —respondió Keri—, pero ya sabes que tengo el sueño pesado.

—Es realmente extraño —le dije, moviendo la cabeza.

—Sí, escuchaste una caja de música. ¿Y qué tiene eso de extraordinario?

—Era algo más que eso —le expliqué—. Las cajas de música no funcionan así. Las cajas de música tocan cuando las abres. Esta dejó de tocar cuando yo la abrí. Y lo más extraño de todo es que no encontré algún mecanismo que la hiciera funcionar.

—Quizá tu ángel era el que tocaba la música —me dijo en tono de burla.

—Sí, tal vez —contesté de manera misteriosa—. Quizá ésta sea una de esas experiencias místicas.

—¿Cómo es que incluso hasta sabes que la música provenía de la caja? —me preguntó con escepticismo.

—Estoy seguro —le dije. Miré hacia arriba, y vi la hora. —Demonios, voy a llegar tarde y hoy me toca abrir. —Me eché el abrigo encima y me dirigí hacia la puerta.

Keri me detuvo. —¿No le vas a dar a Jenna un beso de despedida? —preguntó con incredulidad. Regresé corriendo al cuarto de Jenna para darle un beso.

La encontré sentada junto a una pila de papel despedazado con un par de tijeras de punta redonda especiales para niños. —Papá, ¿me puedes ayudar a cortar estos papeles? —me preguntó.

—Ahora no querida. Se me hace tarde para ir a trabajar.

Las comisuras de su boca se fruncieron en señal de desilusión.

—Cuando regrese —le prometí de inmediato. Se quedó sentada en silencio mientras yo le besaba la cabeza.

—Me tengo que ir. Te veré esta noche. —Salí rápidamente de la habitación, casi olvido el almuerzo que Keri había colocado junto a la puerta, y me abrí paso entre las calles grises y lodosas hacia la tienda de ropa de etiqueta.

◆

Todos los días, al despuntar el alba, con los primeros rayos de sol extendiéndose a lo largo del cielo azul de la mañana invernal, Mary se encontraba sentada cómodamente en el recibidor principal, sobre una elegante y abullonada silla turca, calentando sus pies frente a la chimenea. En su regazo sostenía la tercera Biblia. La que había guardado para sí. Hacía décadas que Mary practicaba este ritual matutino. Aunque ella te podía decir exactamente cuándo había comenzado. Era su "caminata espiritual matutina", le había dicho a Keri.

Durante la temporada de Navidad leía todas las historias navideñas de los Evangelios, y entonces daba la bienvenida a su pequeña invitada "inesperada".

—Vaya, buenos días, Jenna —dijo Mary.

Jenna se paró en la entrada, todavía vestida con el camisón rojo de franela con el que dormía casi siempre. Miró alrededor de la habitación y después corrió hacia Mary. Ella la estrechó entre sus brazos.

—¿Qué estás leyendo? ¿Un cuento? —Jenna preguntó.

—Un cuento de Navidad —dijo Mary. A Jenna se le iluminaron los ojos. Se subió a las piernas de Mary buscando dibujos de un reno y de Santa Claus.

—¿En dónde están los dibujos? —preguntó—. ¿En dónde está Santa Claus?

Mary sonrió. —Este es un cuento de Navidad distinto. Este es el primer cuento de Navidad. Se trata del Niño Jesús.

Jenna sonrió. Ya conocía a Jesús.

—¿Mary?

—¿Sí, cariño?

—¿Papá estará aquí para Navidad?

—¿Por qué lo preguntas? Claro que sí, querida —le aseguró. Retiró el pelo del rostro de Jenna y la besó en la frente. —¿Lo extrañas, no es cierto?

—Se va mucho tiempo.

—Comenzar un negocio requiere de mucho trabajo y mucho tiempo.

Jenna miró hacia arriba con tristeza. —¿Es mejor estar en el trabajo que aquí?

—No. En ningún lado se puede estar mejor que en tu propio hogar.

—¿Entonces por qué papá quiere estar allá en lugar de aquí?

Mary hizo una pausa y se quedó pensando. —Creo que en ocasiones lo olvidamos —contestó, estrechando a la pequeña.

◆

Con la proximidad de las vacaciones, en la tienda había cada día más trabajo, y aunque las ganancias eran bienvenidas, tenía que trabajar largas horas durante el día y regresaba a casa muy tarde todas las noches. Durante mis frecuentes ausencias, Keri había establecido la costumbre de compartir la cena con Mary en el estudio de abajo. Durante la sobremesa, incluso habían adoptado el ritual de compartir una taza de té de menta cerca del fuego. Después Mary seguía a Keri a la cocina y le ayudaba a lavar los platos, mientras que yo, si ya estaba en casa, me quedaba en el estudio y terminaba de revisar los libros del día. Esa noche, afuera, la nieve caía suavemente, contrastando con el chisporroteo y siseo del cálido y crepitante fuego de la chimenea. Jenna ya se había ido a acostar, y mientras Keri limpiaba la mesa, yo me quedé embebido en un catálogo de última moda de fajas y los moños correspondientes para hacer juego. Esa noche Mary también se quedó sentada en la antigua silla en la que solía tomar el té. Aunque generalmente siempre iba tras de Keri a la cocina, a veces, después de terminar el té, dormitaba tranquilamente en su silla hasta que la despertabamos para llevarla a su habitación.

Mary dejó su té, se enderezó, y caminó hacia el librero de madera de cerezo. Sacó un libro de uno de los estantes de la parte superior, lo sacudió un poco, y me lo dio.

—Este es un cuento muy bello de Navidad. Léeselo a tu pequeña. —Tomé el libro mientras ella seguía con el brazo extendido y vi el título: "Todos los días son Navidad" por William Dean Howells.

—Gracias, Mary, sí, se lo voy a leer. —Le sonreí, dejé el libro, y volví a mi catálogo. No me quitó la vista de encima ni un segundo.

—No, ahora mismo. Leéselo ahora —me dijo en tono persuasivo y ferviente, titubeante únicamente por su edad. Dejé mi catálogo, revisé el libro nuevamente, después miré su rostro sereno. Sus ojos brillaron resaltando la importancia de su súplica.

—Está bien, Mary.

Me levanté de la mesa y subí a la habitación de Jenna, preguntándome cuándo me pondría al corriente con mis pedidos y cuál sería la magia contenida en este viejo libro que imponía semejante urgencia. Arriba estaba Jenna acostada en silencio en medio de la obscuridad.

—Querida, ¿estás todavía despierta? —le pregunté.

—Papi, se te olvidó taparme.

Prendí la luz. —Se me olvidó, es cierto. ¿Qué te parece si te leo un cuento para que te duermas?

Saltó de su cama con una sonrisa que inundó la pequeña habitación. —¿Qué historia me vas a contar? —preguntó.

—Mary me dio este libro para que te lo leyera.

—Mary tiene cuentos muy bonitos, papá.

—Entonces éste seguramente también lo es —le dije—. ¿Mary te cuenta historias muy a menudo?

—Todos los días.

Me senté en la orilla de la cama y abrí el viejo libro. El lomo era frágil y se resquebrajó un poco cuando lo abrí. Aclaré mi garganta y comencé a leer en voz alta.

"La pequeña entró en el estudio de su papá, como lo hacía todos los sábados por la mañana antes del desayuno, y le pidió que le leyera un

cuento. Esa mañana él trató de disculparse porque tenía mucho trabajo, pero ella se lo impidió . . ."

—Es como tú, papá. Tú también estás muy ocupado —observó Jenna.

Le sonreí. —Sí, creo que sí. —Seguí leyendo.

—Bueno, *"había una vez un cochinito . . ."* —La niñita puso su mano en la boca de su papá y no lo dejó terminar. Le dijo que ya había escuchado el cuento de los cochinitos tantas veces que estaba harta de ellos.

—Bueno, ¿entonces qué cuento quieres que te lea?

—Uno de Navidad. Ya se acerca la temporada, incluso ya pasó el Día de Acción de Gracias.

—Yo creo —le contestó su papá—, que ya te he contado tantas veces historias de Navidad como la de los cochinitos.

—¡No importa! Los cuentos de Navidad son más interesantes.

A diferencia de la niña del cuento, Jenna se durmió mucho antes de que éste terminara. En sus labios delicados, se dibujaba una dulce sonrisa; jalé con firmeza los cobertores hasta su barbilla. Su carita irradiaba gran paz. La observé un momento, me arrodillé junto a la cama y besé su mejilla, después bajé nuevamente para terminar mi trabajo.

Regresé al estudio y me encontré las enormes cortinas cerradas y a las dos damas sentadas ante la trémula y mortecina luz de la chimenea, platicando tranquilamente. Los tonos suaves de la voz de Mary resonaban por toda la habitación. Volteó para confirmar mi entrada.

—Richard, tu esposa acaba de hacerme la pregunta más curiosa. Me preguntó cuál de los sentidos era, a mi parecer, el que más se conmueve por la Navidad.

Me senté a la mesa.

—Me encanta todo en esta temporada—continuó—. Pero creo que lo que más me gusta de la Navidad son sus sonidos. Las campanas de los Santa Clauses de las esquinas en la calle; los discos ya clásicos de Navidad sonando en los fonógrafos; las dulces y desafinadas voces de los cantores de villancicos, y el bullicio del centro de la ciudad. El crujido agudo del papel para envolver y las bolsas de las tiendas departamentales; los alegres deseos y saludos navideños de los extraños. También tenemos los cuentos de Navidad. La sabiduría de Dickens y de todos los cuentistas. ––Pareció que se detenía para enfatizar––. Adoro los sonidos de esta temporada. Hasta los sonidos de esta vieja casa tienen características distintas en Navidad. Estas damas victorianas parecen tener espíritu propio.

Estaba totalmente de acuerdo pero no dije nada.

Reflexionó sobre la vieja casa. —Ya no construyen casas como ésta. ¿Ya se fijaron en las puertas dobles de la entrada principal?

Los dos asentimos.

—Hace muchos años, antes de la llegada del teléfono . . . —Guiñó un ojo—. Soy una persona mayor —dijo como si se tratara de algo confidencial—, recuerdo aquellos días.

Sonreímos.

— . . . En aquella época cuando la gente recibía visitas, abría las puertas principales como una señal. Si estaban cerradas significaba que no recibían visitas. Sin embargo, parecía que durante toda la temporada navideña siempre estaban abiertas. —Sonrió con cierta añoranza—. Ahora todo eso parece una tontería. ¿Se pueden imaginar lo helado que estaba siempre el vestíbulo? —Me miró—. Ahora ya estoy divagando. Dinos, Richard, ¿cuál de los sentidos crees que sea el más afectado por la Navidad?

Miré a Keri. —Las papilas gustativas —dije impertinentemente. Keri hizo un gesto con los ojos.

—No. Retiro lo dicho. Yo diría que el sentido del olfato. Los olores de la Navidad. No sólo por la comida sino por todo. Recuerdo una ocasión cuando, en la primaria, hicimos adornos de Navidad encajando clavo entero en una naranja. Recuerdo como perduró aquel olor tan maravilloso toda la temporada. Todavía puedo olerlo. También tenemos el olor de las velas perfumadas, y el de un "wassail"* caliente, o el de un chocolate espeso cuando hace mucho frío. Y el olor incitante de las botas de piel mojadas después de que mis hermanos y yo nos habíamos ido a deslizar en los trineos. Los

* N. de T.: Bebida hecha de cerveza o vino aromatizado con especias, azúcar y manzanas asadas.

olores de la Navidad son los olores de la niñez. —Mis palabras se desvanecieron en el silencio mientras todos parecíamos dejarnos atrapar por el dulce brillo de los recuerdos de la Navidad; Mary asintió lentamente como si yo acabara de decir algo sensato.

◆

Era el sexto día de diciembre. Tan sólo faltaban dos semanas y media para la Navidad. Salí al trabajo, mientras Keri iniciaba los rituales cotidianos. Apiló los platos del desayuno en el fregadero para que se remojaran; después bajo las escaleras para conversar y tomar el té con Mary. Entró al estudió en donde Mary leía todas las mañanas. Mary se había ido. En su silla estaba la tercera Biblia. La Biblia de Mary. Aunque sabíamos que existía, ni Keri ni yo la habíamos visto antes. Estaba sobre el cojín, abierta de par en par, en el Evangelio de San Juan. Keri pasó la mano suavemente por debajo del lomo y la levantó con mucho cuidado. Era más vieja que las otras dos Biblias, de escritura gótica y elegante. La examinó detenidamente. La tinta parecía estar corrida, manchada por la humedad. Pasó un dedo por la página. Estaba mojada, humedecida por varias gotas redondas. Eran lágrimas. Con mucha delicadeza volteó las páginas de bordes dorados. Muchas de las hojas estaban maltratadas y manchadas por las lágrimas. Lágrimas de tiempos pasados; páginas que secaron hacía mucho y estaban arrugadas. Pero las páginas abiertas de la Biblia, aún estaban húmedas. Keri colocó el libro nuevamente en la silla y salió al pasillo. El abrigo grueso de lana de Mary faltaba en el perchero del corredor. Las puertas interiores del vestíbulo estaban entreabiertas; junto a las puertas principales había un poco de nieve derretida, formando un charco en el frío suelo de mármol, lo que revelaba la partida de Mary. Su ausencia dejó intranquila a Keri. Mary rara vez salía de la casa antes del mediodía y, cuando lo hacía, no escatimaba esfuerzos para informar a Keri sobre sus planes de excursión, varios días antes. Keri no volvió a subir sino hasta cuarenta y cinco minutos más tarde cuando escuchó que se abría la puerta principal. Corrió a encontrarse con Mary, quien se quedó parada en la puerta, mojada y temblando de frío. —¡Mary! ¿En dónde has estado? —exclamó Keri—. ¡Te estás congelando! —Mary la miró con tristeza. Sus ojos estaban hinchados y rojos.

—Estaré bien —dijo; luego, sin mayor explicación, desapareció por el pasillo hacia su habitación.

Al terminar el almuerzo tomó nuevamente su abrigo para salir. Keri la detuvo en el pasillo cerca de la puerta. —Saldré de nuevo —dijo simplemente—. Quizá regrese tarde.

—¿A qué hora preparo la cena? —le preguntó Keri.

Mary no respondió. La miró a los ojos, entonces salió hacia el aire cortante de invierno.

Eran casi las ocho y media cuando Mary regresó esa noche. Keri estaba cada vez más preocupada por su extraño comportamiento y comenzó a asomarse por la ventana del balcón cada dos minutos, esperándola. Al regresar del trabajo se me informó detalladamente respecto a todo el episodio, y, al igual que Keri, esperaba ansiosamente que llegara. Si antes Mary se veía preocupada, ahora estaba totalmente absorta. Pidió que se le dejara cenar sola, algo raro en ella, pero después nos invitó para tomar el té juntos.

—Estoy segura que mi comportamiento les debe parecer un poco extraño —dijo tratando de disculparse. Puso su taza sobre la mesa. —Hoy fui a ver al doctor debido a estos dolores de cabeza y estos vértigos que experimento últimamente.

Guardó silencio durante un largo periodo de tiempo que resultó desagradable. Tuve el presentimiento de que iba a decir algo terrible.

—Dice que tengo un tumor en el cerebro que está creciendo cada vez más. Ya está bastante grande y, debido al punto donde se localiza, no me pueden operar. —Mary miró de frente, con la vista perdida, casi a través nuestro. Sin embargo el tono de su voz era, curiosamente, tranquilo.

—No hay nada que puedan hacer. Ya le envié un telegrama a mi hermano en Londres. Pensé que debían saberlo.

Keri fue la primera en abrazar a Mary. Las abracé a ambas y guardamos silencio. Nadie sabía qué decir.

◆

La negación es, quizá, una función humana necesaria para poder manejar las penas de la vida. Las semanas siguientes transcurrieron básicamente sin ningún incidente y cada vez era más fácil perdernos en la complacencia, imaginándonos que todo estaba bien y que Mary pronto se repondría. Sin embargo, tan pronto lo hacíamos, los dolores de cabeza de Mary regresaban y la realidad nos abofeteaba el rostro de manera tan brusca como los helados vientos de diciembre. Hubo otro cambio curioso en el comportamiento de Mary. Parecía estar cada vez más molesta por mi obsesión con el trabajo y ahora se encargaba de interrumpir mis tareas a intervalos cada vez más frecuentes. Así sucedió la noche cuando preguntó:

—Richard, ¿alguna vez te has preguntado cuál fue el primer regalo de Navidad?

Su pregunta interfirió mi abstracción en todos los asuntos del negocio y las utilidades de la semana. La miré.

—No, no puedo decir que me he puesto a pensarlo. Quizá oro, incienso o mirra. Si fueran en ese orden, sería el oro. —Presentí que no había quedado satisfecha con mi respuesta—. Si puedo preguntárselo al Rey Jaime para responder a tu pregunta, lo haré el domingo —le dije, esperando finiquitar el asunto. Ella permaneció inmóvil.

—Esta no es una pregunta superficial —dijo firmemente—. Es importante comprender cuál fue el primer regalo de Navidad.

—Estoy seguro de que así es, Mary, pero por el momento esto es más importante.

—No —dijo bruscamente—, no sabes lo que ahora es importante. —Se dio la vuelta rápidamente y salió de la habitación.

Me quedé solo, sentado en silencio, pasmado por aquel incidente. Guardé el libro mayor y subí la escalera hacia nuestra habitación. Mientras me preparaba para acostarme, le hice a Keri la misma pregunta.

—¿El primer regalo de Navidad? —preguntó somnolienta—. ¿Es una pregunta capciosa?

—No, no creo. Mary simplemente me hizo esa pregunta y se molestó bastante porque yo no sabía la respuesta.

—Entonces, espero que no me pregunte a mí —dijo Keri, dándose la vuelta para dormir.

Continué meditando sobre la pregunta del primer regalo de Navidad hasta que gradualmente fui cayendo por completo en un sopor. Esa noche el ángel se apareció en mi sueño.

◆

A la mañana siguiente durante el desayuno, Keri y yo hablamos acerca de la discusión de la noche anterior.

—Creo que el cáncer, finalmente, la está afectando —le dije.

—¿Cómo? —preguntó Keri.

—Su mente. Está empezando a perder la cabeza.

—No está perdiendo la cabeza —dijo firmemente—. Es tan perspicaz como tú o como yo.

—¿Cómo es que puedes estar tan segura? —dije en tono defensivo.

—Yo estoy con ella todo el día. Yo sé.

—Entonces, ¿por qué está actuando de esta forma? ¿Por qué hace preguntas extrañas?

—Mira, Rick, creo que está tratando de compartir algo contigo. No sé lo que pueda ser, pero hay algo. —Keri caminó hacia la alacena y llevó a la mesa un frasco de miel—. Mary es la persona más cálida, más abierta que jamás haya conocido, excepto que . . . —Se detuvo—. ¿Alguna vez has tenido ese sentimiento de que está ocultando algo?

—¿Algo?

—Algo trágico, terriblemente trágico. Algo que puede pasar y cambiar tu perspectiva para siempre.

—No sé de qué hablas —le dije.

De pronto los ojos de Keri se llenaron de lágrimas.

—Yo tampoco estoy muy segura. Pero hay algo. ¿Alguna vez has visto la Biblia que guarda en el estudio? —Negué con la cabeza—. Las páginas están manchadas con lágrimas. —Se alejó para ordenar sus pensamientos—. Simplemente creo que existe una razón por la cual estamos aquí. Hay algo que está tratando de decirte, Rick. Simplemente no estás escuchando.

Capítulo V

EL ANGEL
DE PIEDRA

I CONVERSACIÓN con Keri me había dejado intrigado y sorprendido. Mientras contemplaba las calles cubiertas de nieve, vi a Steve en la entrada de su casa, quitando la nieve de encima de su auto. Se me ocurrió que quizá él tuviera algunas respuestas. Corrí escaleras arriba a donde estaba la Caja de Navidad, saqué la primera carta y la enrollé con mucho cuidado. Después me la guardé en el bolsillo interior del abrigo, salí de la casa en silencio y crucé la calle. Steve me saludó afectuosamente.

—Steve, conoces a Mary desde hace mucho tiempo.

—Prácticamente de toda la vida.

—Hay algo que te quiero preguntar.

Percibió el tono serio de mi voz y dejó el cepillo a un lado.

—Se trata de Mary. Tú sabes que para nosotros, ella es como de la familia. —Steve asintió—. Parece ser que hay algo que le molesta, y queremos ayudarla, pero no sabemos cómo. Keri piensa que quizá está ocultando algo. Si ése es el caso creo que encontré una pista. —Miré hacia abajo, avergonzado por la carta que tenía en mi poder—. El hecho es que encontré estas cartas en una caja del desván. Pienso que son cartas de amor. Me pregunto si tú podrías darme alguna pista al respecto.

—Déjame verla —me dijo.

Le entregué la carta. La leyó, después me la regresó.

—Son cartas de amor, pero no a un amante.

Imagino mi rostro de asombro.

—Tienes que ver algo. En Nochebuena, cuando vaya de visita a casa de Mary, te lo mostraré. Estaré ahí alrededor de las tres de la tarde. En ese momento, todo te quedará claro.

Asentí. —Está bien —le dije. Coloqué la carta de nuevo en mi saco, después hice una pausa. —Steve, ¿alguna vez te has preguntado cuál fue el primer regalo de Navidad?

—No. ¿Por qué preguntas?

—Simple curiosidad, supongo. —Regresé a mi auto y me dirigí a la tienda.

Como de costumbre, ése era otro día más de mucho trabajo que dedicaba a ayudar a las futuras novias a seleccionar los accesorios de vestir que hicieran juego con el tafetán de los muestrarios; a escoger entre las corbatas a la inglesa o los moños tradicionales; camisas con puños a la francesa y pliegues con cuellos en punta, o camisas lisas con pecheras postizas plegadas y de colores. Terminé de tomar medidas y de apartar trajes para un grupo numeroso de invitados a una boda. Al recibir el depósito en efectivo por parte del novio, les agradecí su preferencia y los despedí. Entonces, me di la vuelta para ayudarle a un hombre joven que permanecía de pie y en silencio ante el mostrador esperando su turno.

—¿Le puedo ayudar? —pregunté.

Miró el mostrador, inclinándose de manera inquieta.

—Necesito un traje para un niño pequeño —dijo suavemente—. Tiene cinco años.

—Muy bien —le dije. Saqué una solicitud de renta para el traje y comencé a escribir. —¿Hay alguien más entre los invitados que vaya a necesitar un traje?

Negó con la cabeza.

¿Va a llevar los anillos? —le pregunté—. Nos gustaría que su traje hiciera juego con el del novio.

—No.

Hice la anotación correspondiente en la solicitud.

—Está bien. ¿Para cuándo quisiera apartar el traje?

—Quisiera comprarlo —dijo seriamente.

Dejé la forma a un lado. —Quizá eso no sea lo más conveniente —le expliqué—. Los chicos crecen tan rápido. En realidad le recomiendo que lo rente.

Simplemente movió la cabeza.

—No quiero desilusionarlo, pero el largo del saco no se puede modificar, sólo las mangas y el largo del pantalón. Quizá en menos de un año ya no le quede.

El hombre me miró directamente a los ojos por primera vez. —Lo vamos a enterrar con el traje, —dijo suavemente.

Sus palabras me retumbaron como martillos. Miré hacia abajo, tratando de evadir la mirada inexpresiva de sus ojos.

—Lo lamento —dije con cierta reserva—. Le ayudaré a encontrar algo apropiado.

Busqué en la sección de trajes para niños y saqué un hermoso saco azul con solapas de satín.

—Este es uno de mis favoritos —le dije en tono solemne.

—Es un saco muy bonito —me dijo—. Este estará bien. —Me entregó un papel con las medidas del niño.

—Ordenaré que le hagan los arreglos necesarios de inmediato. Puede pasar por él mañana al mediodía.

Movió la cabeza en señal de aprobación.

—Señor, me encargaré de que le den un descuento por el saco.

—Muy agradecido —me dijo. Abrió la puerta y salió confundiéndose entre el río de gente que abarrotaba las banquetas en la época navideña.

◆

Mientras yo pasaba la mañana midiendo costuras y verificando la existencia de sacos, Keri también se ocupaba de sus propias labores. Dio de comer a Jenna, la bañó y la vistió, después preparó el almuerzo de Mary. Puso a cocer un huevo a fuego lento, lo colocó encima de un pan y lo bañó con una cucharada de salsa holandesa. Retiró la tetera de la estufa y preparó un té de hojas de menta; puso todo en una charola, y la llevó al comedor.

Llamó a Mary por el pasillo: —Mary, tu almuerzo está listo.

Regresó a la cocina, llenó el fregadero con jabón y agua caliente y comenzó a lavar los platos. Después de unos minutos se secó las manos y regresó al comedor para ver si Mary necesitaba algo. La comida estaba intacta. Keri fue al estudio y vio la Biblia en la repisa. Revisó el perchero del pasillo y encontró el abrigo de Mary colgado en su lugar. Bajó a la recámara y tocó a la puerta suavemente.

—Mary, tu almuerzo está listo.

No hubo respuesta.

Muy despacio, Keri dio vuelta a la manija y abrió la puerta. Las cortinas estaban todavía cerradas y la recámara permanecía a obscuras y en silencio. En la cama, bajo el cobertor podía verse la forma humana, inmóvil. El miedo se apoderó de ella. —¡Mary! ¡Mary! —Corrió a su lado—. ¡Mary! —Puso su mano en la mejilla de Mary. Estaba caliente y ligeramente mojada, y respiraba con dificultad. Keri tomó el teléfono y llamó al hospital para pedir una ambulancia. Miró por la ventana. El auto de Steve todavía estaba en la entrada. Cruzó la calle corriendo y golpeó la puerta. Steve abrió, y de inmediato se percató de la urgencia reflejada en el rostro de Keri.

—Keri, ¿qué sucede?

—¡Steve! Ven rápido. ¡Algo terrible le sucede a Mary!

Steve siguió a Keri hasta la casa y a la habitación en donde Mary yacía delirante sobre la cama. La tomó de la mano. —¿Mary, me escuchas?

Mary abrió un ojo con dificultad, pero no dijo nada. Keri dio un ligero suspiro de alivio.

Afuera sonaba la sirena de una ambulancia. Keri corrió para abrirles y llevar a los enfermeros por el obscuro pasillo hasta la recámara de Mary. La pusieron en una camilla y la llevaron al vehículo. Keri tomó a Jenna, y siguió a la ambulancia en el automóvil de Mary, hasta el hospital.

Me encontré con Keri y el doctor en el hospital, afuera del cuarto de Mary. Keri me llamó al trabajo y llegué tan rápido como pude.

—Esto era de esperarse —dijo el médico adoptando una actitud profesional—. Hasta hoy fue muy afortunada, pero ahora el tumor ha comenzado a ejercer presión en las partes vitales del cerebro. Todo lo que podemos hacer es tratar de mantenerla tan cómoda como nos sea posible. Yo sé que eso no es muy tranquilizador, pero es la realidad.

Abracé a Keri.

—¿Está sintiendo mucho dolor? —preguntó Keri.

—Sorprendentemente no. Yo esperaba que los dolores de cabeza fueran más intensos. Los tiene, pero no tan intensos como podría esperarse en estos casos. Los dolores de cabeza seguirán yendo y viniendo, y poco a poco se harán más constantes. Prácticamente sucederá lo mismo con su estado consciente. Esta tarde estaba hablando pero no hay forma de poder decirle durante cuánto tiempo permanecerá consciente.

—¿Cómo se encuentra ahora? —pregunté.

—Está dormida. Le di un sedante. El traerla con tanta precipitación al hospital representó un gran esfuerzo para ella.

—¿Puedo verla? —pregunté.

—No, es mejor que duerma.

◆

Esa noche la mansión parecía vacía sin la presencia de Mary, y, por primera vez, nos sentimos como extraños en la casa de otra persona. Hicimos una cena muy sencilla, conversamos poco, y nos fuimos a descansar temprano, esperando escapar así de la extraña atmósfera que nos rodeaba. Pero incluso mis sueños, a los que ya me había acostumbrado, parecían distintos. Escuché nuevamente la música, pero la melodía había cambiado, volviéndose muy melancólica. De hecho no sé si había cambiado en realidad, o si yo mismo, alterado por los sucesos del día, percibía el cambio; sin embargo, como si se tratara de un canto de sirenas, me llevó nuevamente a la Caja de Navidad y a la siguiente carta.

6 de diciembre de 1916.

Amor Mío:

Ha llegado otra temporada Navideña. Una época de alegría y paz. Sin embargo, sigo teniendo un gran vacío en mi corazón. Dicen que el tiempo cura todas las heridas. Pero aún cuando sanen las heridas, dejan cicatrices, rasgos característicos que recuerdan el dolor. Recuérdame, mi amor. Recuerda mi amor.

❖

Domingo por la mañana, Nochebuena, la nieve caía húmeda y abundantemente y ya se habían acumulado casi cuatro pulgadas para el mediodía, cuando Steve se reunió conmigo cerca del pórtico de la mansión.

—¿Cómo amaneció Mary? —preguntó.

—Prácticamente igual. Tuvo un ataque de náusea esta mañana pero de no ser por eso ha estado de muy buen humor. Keri y Jenna siguen en el hospital con ella.

Movió la cabeza en señal de auténtica preocupación.

—Bueno, vámonos —dijo con tristeza—. Te hará bien ver esto.

Cruzamos la calle y subimos juntos el empinado camino hacia su casa. Sin saber todavía cuál era nuestro destino, lo seguí hasta su patio. Este estaba lleno con álamos y frondosos arbustos de eucalipto. Estaba bien aislado por un muro alto de piedra que ocultaba el cementerio, el cual yo sabía, se encontraba en la parte de atrás.

—Hay una reja de hierro forjado allá detrás de esos arbustos —dijo Steve, señalando un seto vivo cerca del muro—. Hace como cuarenta años el dueño plantó ese seto para ocultar el acceso al cementerio. Era un hombre de edad avanzada y no le gustaba la idea de tener que ver el cementerio todos los días. Mi familia se mudó aquí cuando yo tenía doce años de edad. A nosotros los chicos no nos tomó mucho tiempo descubrir la reja secreta. Hicimos un hueco en el seto para poder escabullirnos fácilmente al cementerio desde ahí. El sacristán nos advertía a menudo que no debíamos jugar en el cementerio, pero nosotros lo hacíamos cada vez que había una oportunidad. Pasábamos horas ahí —confesó Steve—. Era el lugar ideal para jugar a las escondidas.

Llegamos a la reja. La pintura se había descarapelado y resquebrajado del acero frío y oxidado, pero la reja seguía estando muy fuerte y bien firme. Un candado la mantenía cerrada. Steve sacó una llave y abrió la reja. Rechinó al momento de abrirse. Entramos al cementerio.

—Un día de invierno estábamos jugando a las escondidas por aquí. Yo me escondía de mi amigo cuando de pronto me vio y comenzó a perseguirme. Corrí por la nieve hasta el extremo este del cementerio; era una área en donde nunca jugábamos. Uno de nuestros amigos juró que había escuchado el lamento de un fantasma allá arriba y decidimos que el lugar estaba embrujado. Ya sabes cómo son los niños.

Asentí y continuamos nuestra penosa marcha por la nieve cada vez más profunda.

—Corrí hacia arriba por ahí —dijo mientras señalaba a un grupo de siempre verdes de gruesos tocones—, después más arriba por detrás del mausoleo. Ahí, mientras me agazapaba trás una tumba, escuché el lamento. Aún cuando la nieve lo amortiguaba, realmente te partía el corazón. Miré por encima de la tumba. Ahí estaba la estatua de un ángel de más o menos tres pies de alto con las alas extendidas. En ese entonces estaba nuevo y recién blanqueado. En el piso frente a él estaba una mujer arrodillada con el rostro enterrado en la nieve. Sollozaba como si se le estuviera rompiendo el corazón. Se aferraba a la tierra congelada como si ésta la separara de algo que quisiera desesperadamente. Ese día estaba nevando y mi amigo, siguiendo mis huellas, llegó rápidamente hasta donde estaba. Le hice señas para que guardara silencio. Nos quedamos ahí sentados temblando y observando en silencio por más de media hora, mientras la nieve cubría a la mujer por completo. Finalmente se calló, se levantó y se fue. Nunca olvidaré el dolor en su rostro.

En ese momento me detuve abruptamente. Desde cierta distancia podía ver las alas extendidas de la estatua de un ángel visiblemente deteriorada por el tiempo. —Mi ángel —murmuré en tono audible—. Mi ángel de piedra.

Steve me lanzó una mirada imperceptible.

—¿Quién estaba enterrado ahí? —le pregunté.

—Ven a ver —me dijo, invitándome a acercarme.

Lo seguí hasta la estatua. Nos pusimos en cuclillas y limpiamos la nieve de la base del monumento. Grabadas en el pedestal de mármol, arriba de la fechas de nacimiento y defunción, sólo había tres palabras:

NUESTRO PEQUEÑO ANGEL

Contemplé las fechas. —El niño sólo tenía tres años de edad —dije con tristeza. Cerré los ojos e imaginé la escena. Podía ver a la mujer mojada y helándose, con sus manos enrojecidas y quemadas por la nieve. Y entonces comprendí. —¿Era Mary, no es cierto? —Su respuesta fue lenta y melancólica—. Sí. Era Mary.

La nieve que caía perfiló un escenario irreal envolviéndonos en soledad.

Pareció como si hubiera pasado mucho tiempo antes de que Steve rompiera ese ambiente de reverencia. —Esa noche le dije a mi madre lo que había visto. Pensé que probablemente me metería en problemas. Pero en lugar de eso, me abrazó y me besó. Me dijo que nunca debería regresar, que debíamos dejar sola a la mujer. Hasta ahora, nunca había regresado. Por lo menos no a la tumba. Sin embargo sí me acerqué lo suficiente como para escucharla llorar. Me partía el alma. Durante más de dos años Mary venía aquí todos los días, aún durante la primavera cuando llovía a cántaros y el piso se llenaba de lodo.

Me alejé del ángel, metí las manos en los bolsillos de mi abrigo, y comencé a caminar de regreso en silencio. Ninguno de los dos habló durante todo el camino hacia la casa. Steve se detuvo en la puerta trasera de su pórtico.

—La criatura era una pequeña. Se llamaba Andrea. Durante muchos años Mary puso una caja de madera en la tumba. Se parecía a las cajas que llevan los tres reyes magos en los nacimientos. Yo creo que es la misma caja que encontraste junto con las cartas.

Murmuré un "gracias" y me dirigí, solo, hacia la casa. Abrí la pesada puerta principal y la empujé. Un obscuro silencio inundaba la mansión. Subí las escaleras dirigiéndome a nuestras habitaciones y después en dirección del desván, y por primera vez saqué la Caja de Navidad a la luz. La coloqué en el piso del pasillo y me senté junto a ella. En la luz, pude apreciar en todo su esplendor el exquisito acabado artesanal de la caja. Su intenso brillo hacía que los objetos a nuestro alrededor se reflejaran con las imágenes distorcionadas, otorgando un resplandor elegante a los mismos. Saqué la última carta.

6 de diciembre de 1920.

Amor Mío:

Cómo desearía poder decirte todas estas cosas hablándole directamente a tu dulce rostro, y que alguien encontrara esta caja vacía. De la misma forma en que la madre de Nuestro Señor encontró vacía la tumba donde lo depositaron. En este hecho existe una esperanza mi amor. La esperanza de volver a abrazarte y cobijarte en mi pecho. Todo esto gracias al gran regalo de Navidad. Todo esto es posible gracias a que Él vino. La primera ofrenda de Navidad de un padre a Sus hijos, porque los amaba y los quería de regreso. Ahora lo entiendo como nunca antes lo hice, de la misma manera en la que mi amor por ti no ha disminuido con el tiempo, sino se ha avivado con cada temporada navideña. Como ansío que llegue ese glorioso día en que pueda abrazarte otra vez. Te amo, mi pequeño ángel.

—Mamá

Capítulo VI

◆

EL ANGEL

EPOSITÉ LA CARTA
nuevamente en la caja y encogí las rodillas hasta el
pecho, hundiendo mi cabeza entre los muslos. Mi
mente daba vueltas como en un sueño, en donde se
descifran las piezas de un rompecabezas y se entremez-
clan para formar una nueva figura, desafiando a la pro-
babilidad de que no encajen todos los bordes. Pero sí
encajaban. Fue entonces cuando entendí el significado
de la pregunta de Mary. El primer regalo de Navidad. El
verdadero significado de la Navidad. Mi cuerpo y mi
mente se estremecían con las revelaciones del día.

Escuché los ruidos que hacía Keri al llegar. Bajé y la ayudé.

—Regresé para darle de cenar a Jenna —me dijo, dejándose caer en mis brazos—. Estoy exhausta —exclamó—. Y muy triste.

La sostuve con firmeza. —¿Cómo está?

—No muy bien.

—¿Por qué no te recuestas? Calentaré un poco de sopa y le pondré el pijama a Jenna.

Keri se recostó en el sofá mientras yo vestía a Jenna, le daba de cenar y la llevé abajo al estudio.

Estaba obscuro afuera. Con la ausencia del fuego de la chimenea, la habitación apenas estaba bañada por la luz apacible de los focos del árbol de Navidad. Las series se prendían y apagaban sincopadamente, reflejando sombras de diferentes formas y matices. Abracé a Jenna en silencio.

—Papá, ¿vendrá Mary para Navidad? —preguntó.

Me pasé la mano sobre el pelo. —No, no lo creo. Mary está muy enferma.

—¿Se va a morir?

Me pregunté lo que eso significaba para mi pequeña.

—Sí, querida. Creo que va a morir.

—Si se va a morir, primero quiero darle mi regalo.

Corrió hacia el árbol y levantó una caja pequeña envuelta con sus manos inexpertas. —Le hice un ángel. —Sacó un pequeño ángel de cartulina hecho con cinta adhesiva, pegamento y clips.

—Papá, creo que a Mary le gustan los ángeles.

Comencé a sollozar en silencio. —Sí, yo también creo que le gustan.

En medio del silencio y las luces enfrentamos la muerte de una amiga.

Pude escuchar cuando sonó el teléfono en el pasillo exterior. Keri contestó, después bajó a buscarnos.

—Rick, hablaron del hospital. Mary agoniza.

Arropé muy bien a Jenna y la llevé al auto con Keri. Nos fuimos en dos automóviles para que uno de nosotros pudiera traer a Jenna a casa llegado el momento. Ya en el hospital, abrimos juntos la puerta del cuarto de Mary. Una sola lámpara iluminaba la habitación con luz tenue. Podíamos escuchar la débil respiración de Mary. Estaba despierta y dirigió su mirada hacia nosotros.

Jenna corrió junto a la cama reclinable y, metiendo su manita a través de los barrotes, dejó el pequeño ángel en la mano de Mary.

—Te traje algo, Mary. Es tu regalo de Navidad.

Mary levantó lentamente el adorno hasta poder verlo, sonrió, y después apretó la manita de Jenna.

—Gracias, cariño. —Tosió abundantemente—. Es hermoso. —Después le sonrió a ese pequeño rostro—. Eres tan bella. —Acarició una de las mejillas de Jenna con su mano.

Se volteó de lado con dificultad y dolor, y me extendió la mano.

Caminé a su lado y tomé su mano suavemente.

—¿Cómo te sientes, Mary?

Hizo un esfuerzo para sonreír pese al dolor. —¿Ahora lo sabes Rick? ¿Sabes cuál fue el primer regalo de Navidad?

Apreté su mano con fuerza.

—De veras lo entiendes, ¿no es cierto?

—Sí. Ahora lo entiendo. Ya sé lo que tratabas de decirme.

Las lágrimas comenzaron a rodar por mis mejillas. Respiré hondo para poder aclarar mi garganta.

—Gracias, Mary. Gracias por lo que me has dado.

—¿Encontraste las cartas en la Caja de Navidad?

—Sí. Lamento haberlas leído.

—No, está bien. Me alegro que alguien las haya leído. Ese era el propósito. —Por un momento guardó silencio.

—Quiero que conserves la Caja de Navidad. Ese es mi regalo de Navidad para ti.

—Gracias. Siempre la guardaré como un tesoro.

El cuarto se quedó en silencio.

—Andrea espera —dijo de repente.

Sonreí. —Ha estado muy cerca —le dije.

Me sonrió de nuevo, después miró a Keri.

—Gracias por tu amistad, querida. Ha significado mucho para mí.

—Feliz Navidad, Mary —dijo Keri.

—Dios te bendiga, niña —respondió Mary con amor—. Cuida a tu pequeña familia. —Miró a Keri de manera pensativa—. Lo harás muy bien.

Mary cerró sus ojos y se recostó en la almohada. Los ojos de Keri se llenaron de lágrimas mientras levantaba a Jenna y la llevaba fuera de la habitación. Yo me quedé, acariciando esas manos cálidas y suaves por útlima vez.

—Feliz Navidad, Mary —le susurré—. Te extrañaremos.

Mary abrió los ojos de nuevo. Se enderezó hacia los pies de la cama. Una sonrisa cruzó su rostro y una sóla lágrima rodó por sus mejillas. Dijo algo muy suavemente como para escucharlo. Acerqué mi oído a su boca. —Mi ángel —repitió. Seguí su mirada hasta los pies de la cama pero solamente vi el cobertor verde del hospital doblado en la piecera. La volví a mirar con tristeza. Se iba. Creo que fue entonces cuando escuché la música. La melodía dulce y gentil de la Caja de Navidad. Primero de manera suave, luego como si llenara

todo el cuarto, fuerte, brillante y gozosa. Miré nuevamente su rostro sereno. Estaba lleno de paz. Sus ojos
profundos resplandecían y sonreía cada vez más.
Entonces comprendí y también sonreí. Andrea había
llegado.

♦

Para cuando llegué a casa ya era más de medianoche. El
hermano de Mary había llegado de Londres y como
una consideración los dejé solos para que compartieran
los últimos minutos juntos. Jenna ya se había ido a la
cama y Keri, sin saber cuándo iba a regresar, había
colocado con tristeza los regalos de Navidad bajo el
árbol. Me senté en la mecedora frente al árbol de Navidad iluminado y coloqué la cabeza entre mis manos. En
algún punto entre el ángel y la casa de Mary lo había
entendido todo. El primer regalo de Navidad. La
respuesta había llegado. Entró en mi corazón. El primer
regalo de Navidad era el amor. El amor de un padre.
Puro como las primeras nevadas de la Navidad. Dios

amaba tanto a sus hijos que mandó a su hijo, para que algún día regresáramos a él. Comprendí lo que Mary trataba de enseñarme. Me levanté y subí a donde estaba durmiendo mi pequeña. Levanté su pequeño y cálido cuerpo, la abracé y la llevé al estudio. Las lágrimas rodaron sobre su pelo. Mi pequeña. Mi preciosa pequeña. Qué tonto había sido al dejar escapar su niñez, su preciosa y fugaz niñez. Para siempre. En mi joven mente todo era tan permanente y duradero. Mi pequeña niña sería pequeña para siempre. Pero el tiempo me demostraría que estaba equivocado. Algún día crecería. Algún día se iría y yo me quedaría sólo con el recuerdo de sus risitas y los secretos que pude haber sabido.

Jenna respiró profundamente y se acurrucó buscando el calor. Sujeté su cuerpecito firmemente contra el mío. Esto era lo que significaba ser un padre, saber que un día volvería la vista y mi pequeña ya se habría ido. Velar por tu sueño, pequeña, y morir un poco por dentro. Por un momento precioso y fugaz, sostener a la niña en mis brazos, y desear que el tiempo se detuviera.

Pero nada de eso importaba ahora. No ahora. No esta noche. Esta noche Jenna era mía y nadie podría arrebatarme la Nochebuena, nadie excepto yo mismo. Qué sabia había sido Mary. Mary, quien entendía el dolor que experimentaba un Padre al mandar a su propio hijo en esa primera mañana de Navidad, sabiendo perfectamente lo que le deparaba el destino. Mary comprendía el significado de la Navidad. Las lágrimas en la Biblia lo demostraban. Mary amaba con el amor dulce y puro de una madre, un amor tan profundo que se convierte en alegoría de todo el amor que existe. Sabía que en mi búsqueda por el mundo había estado cambiando diamantes por piedras. Sabía, y me amaba lo suficiente como para ayudarme a ver. Mary me había dado el mejor regalo de Navidad. La niñez de mi hija.

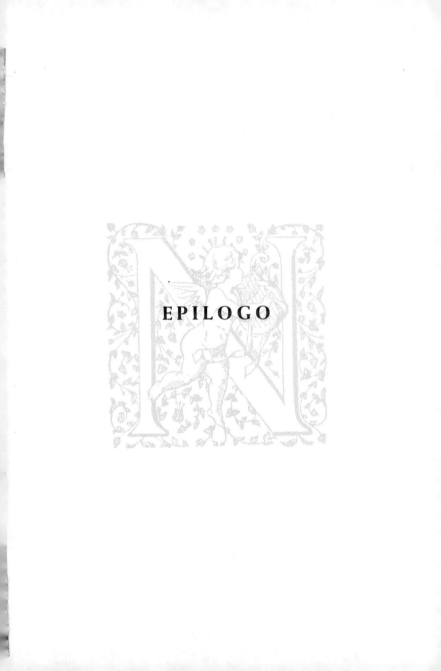

EPILOGO

ERAN ALREDEDOR

de las nueve de la mañana del día de Navidad cuando el hermano de Mary llamó para decirnos que había fallecido. Al recibir la llamada Keri y yo estábamos abrazados en el sofá del estudio de Mary, rodeados de las secuelas de los regalos de Navidad. Levanté la Caja de Navidad del manto de la chimenea en donde la habíamos colocado en memoria de Mary. Deposité la caja cerca del fogón, después, una por una, dejé que las llamas devoraran las cartas mientras Keri observaba comprensiva y en silencio. La Caja de Navidad finalmente estaba vacía.

Mary fue enterrada junto a la pequeña estatua del ángel que tan fielmente había visitado. Durante el transcurso de nuestra participación en los arreglos para la cremación, la funeraria le preguntó a Keri lo que debían de grabar en la lápida. "Una madre amorosa", dijo sencillamente.

Cada Nochebuena, durante el tiempo que vivimos en el valle, regresamos a la tumba y colocamos una azucena blanca delante de los pies del ángel con las alas extendidas. Keri y yo vivimos en la mansión durante varias temporadas navideñas hasta que la familia decidió vender la propiedad y compramos una casa en el extremo sur del valle. Desde entonces, nuestra familia pasó de tres a seis miembros, y aunque las exigencias para proveer a toda la familia muchas veces parecían interminables, nunca olvidé las lecciones que aprendí esa Navidad con Mary.

Hasta la fecha, la Caja de Navidad sigue siendo una fuente de gran alegría para mí. Porque a pesar de estar vacía, para mí contiene todo aquello que compone la

Navidad, la raíz maravillosa de la curiosidad en los ojos de un niño, y la fuente de la magia de las Navidades durante muchos siglos por venir. Más que dar, más que creer, ya que éstas son simples manifestaciones de los contenidos de esa caja. Los contenidos sagrados de esa caja son el amor puro de un padre por su hijo, manifestado primero por el amor de un Padre por todos sus hijos, ya que sacrificó aquello que más amaba y mandó a Su hijo a la tierra aquel día de Navidad hace ya tanto tiempo. Y mientras la tierra viva, y todavía aún mas allá, ese mensaje nunca morirá. Aunque los fríos vientos de la vida puedan congelar los corazones de muchos, ese mensaje por sí solo dará abrigo al corazón durante las tormentas de la vida. Y para mí, mientras tenga vida, la magia dentro de la Caja de Navidad nunca morirá.

Nunca.

In Memoriam

◆

La estatua del ángel, de la cual hace mención el autor, fue destruida en 1984 por las fuertes inundaciones que anegaron el Valle de Salt Lake.

En el mismo cementerio de Salt Lake City se erigió un nuevo ángel en recuerdo de todos aquellos quienes han perdido un hijo y se develó el 6 de diciembre de 1994.

El autor desea invitar a todas las personas que visiten Salt Lake City a colocar una flor blanca en la base de la estatua.

La dirección del cementerio de la ciudad es:

> City Cemetery
> 200 "N" Street
> Salt Lake City, Utah 84103

Si envía flores, por favor diríjalas a la atención del sacristán de la ciudad.

Acerca del Autor

◆

RICHARD PAUL EVANS, un antiguo ejecutivo de publicidad, escribió *El Regalo de Navidad* para sus hijas. Animado por aquellos que leyeron su historia, Evans decidió publicar su cuento. Evans vive en Salt Lake City, Utah, con su esposa, Keri, y sus tres hijas, Jenna, Allyson, y Abigail. Actualmente trabaja en su próxima novela.